O QUE É A PERGUNTA?

Mario Sergio Cortella
Silmara Rascalha Casadei

5ª Edição revista e ampliada

© 2023 texto Mario Sergio Cortella e Silmara Rascalha Casadei

© Direitos de publicação
CORTEZ EDITORA
Rua Monte Alegre, 1074 - Perdizes
05014-001 - São Paulo - SP
Tel.: (11) 3864-0111
editorial@cortezeditora.com.br
www.cortezeditora.com.br

Direção Editorial
Miriam Cortez

Projeto Editorial
Elaine Nunes

Assistente Editorial
Gabriela Orlando Zeppone

Editor de Texto
Paulo Jebaili

Preparação
Agnado Alves

Revisão
Alexandre Ricardo da Cunha
Tatiana Tanaka
Tuca Dantas

Capa
Mauricio Ribeiro Carol

Ilustrações
Rodrigo Abrahim
Mauricio Ribeiro Carol

Projeto Gráfico
Nêio Mustafa

Dados Internacionais de Catalogação na Publicação (CIP)
(Câmara Brasileira do Livro, SP, Brasil)

```
Cortella, Mario Sergio
   O que é a pergunta? / Mario Sergio Cortella,
Silmara Rascalha Casadei. -- 5. ed. rev. e ampl. --
São Paulo : Cortez, 2023.

   ISBN 978-65-5555-422-9

   1. Filosofia - Literatura infantojuvenil
2. Filósofos - Literatura infantojuvenil I. Casadei,
Silmara Rascalha. II. Título.

23-167462                              CDD-028.5
```

Índices para catálogo sistemático:

1. Filosofia : Literatura infantojuvenil   028.5
2. Filosofia : Literatura juvenil   028.5

Cibele Maria Dias - Bibliotecária - CRB-8/9427

Impresso no Brasil – agosto de 2023

SUMÁRIO

APRESENTAÇÃO **5**

CAPÍTULO I
POR QUE É IMPORTANTE PERGUNTAR? **7**

CAPÍTULO II
**VAMOS FAZER UMA VIAGEM
AO MUNDO DA FILOSOFIA?** **13**

CAPÍTULO III
A FILOSOFIA E O MÉTODO CIENTÍFICO **27**

CAPÍTULO IV
**ALGUMAS RESPOSTAS DADAS PELOS FILÓSOFOS
ÀS PERGUNTAS QUE TODOS FAZEMOS** **37**

CAPÍTULO V
AMIGOS DO SABER **53**

LINHA DO TEMPO DOS FILÓSOFOS **60**
PARA SABER MAIS **62**

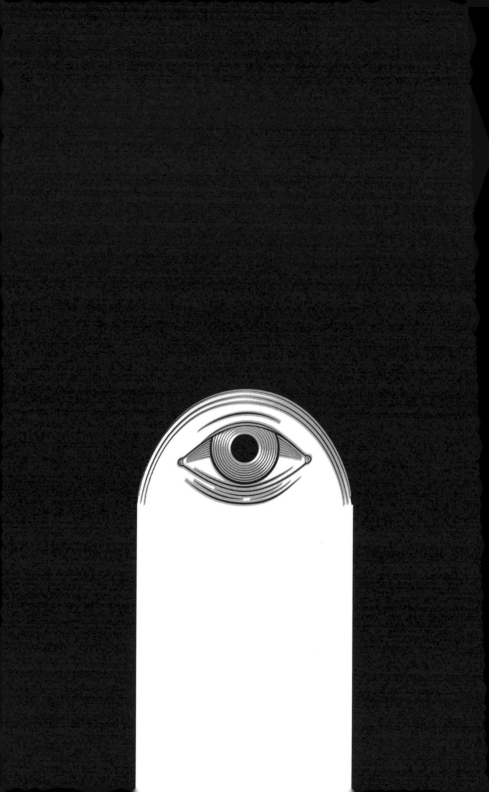

APRESENTAÇÃO

Esta obra trata de uma das ações mais importantes que os estudantes precisam ter em mente no percurso de sua vida escolar: perguntar.

É impossível já não ter levantado a mão (ou visto um colega da escola) e perguntado:

"Por quê?"

Há os que perguntam muito, há os que perguntam pouco, há os que acham não ter perguntas e há ainda os que querem perguntar, mas não perguntam em voz alta por sentirem-se envergonhados. Estes esperam alguém perguntar – ficando aliviados quando a pergunta é a mesma que queriam fazer – e ouvem atentamente a resposta da pergunta que não fizeram.

Mas, afinal, o que é a pergunta?

Neste livro, visitaremos suas origens, veremos como começou a percorrer a história

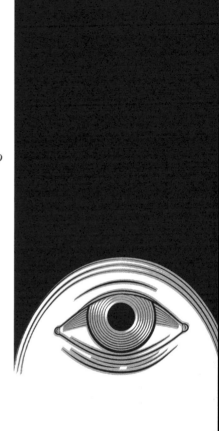

da humanidade e descobriremos sua importância para nosso aprendizado. Passeie por estas páginas prazerosamente, descortinando as perguntas de um menino e as respostas de um filósofo. Muitas vezes, você vai encontrar as perguntas de um filósofo e as respostas de um menino. Afinal, todos e todas sempre sabemos coisas que os outros não sabem, pois nenhum de nós sabe tudo, o tempo todo, de todos os modos. Aí, na vida, cada um reparte o que sabe, e todos ficam sabendo...

Viaje conosco pelo livro, pelo tempo, fazendo suas perguntas e oferecendo ao mundo algumas de suas respostas por intermédio de suas falas, pensamentos, sentimentos e atitudes.

Você é muito importante!
"Por quê?"

Mario Sergio Cortella
Silmara Rascalha Casadei

CAPÍTULO I

POR QUE É IMPORTANTE PERGUNTAR?

Era uma vez um menino. Era uma vez um filósofo. Os dois estavam em uma escola. O filósofo matando saudade de seu tempo de professor, e o menino vivendo seu tempo de estudante. O menino viu o filósofo e foi até ele.

— Moço! Posso lhe fazer uma pergunta?

— E o que é uma pergunta?

— Puxa, nunca pensei em perguntar-me o que é uma pergunta. Mas vou tentar responder (o menino nunca deixava uma pergunta sem resposta). Acho que é quando quero entender algo que não entendo nada, nada. Dizem que isso é curiosidade. Aí, então, procuramos alguém, um livro ou a internet para termos as respostas. Aqui na escola faço muitas perguntas e sempre encontro alguém para responder a elas. A maioria das vezes é o professor. Algumas vezes, quando já perguntei muito na sala de aula, para não ficar chato, pergunto a um colega que esteja ao lado.

— Parece-me que você gosta de dialogar — disse o filósofo.

— Dialogar? O que é isso?

— Quando ao menos duas pessoas começam a conversar sobre algo, já existe diálogo. Nesse momento, o que vale é o verdadeiro interesse de ambos naquilo que o outro diz, para chegar a uma resposta que traga em si a contribuição válida de cada um.

O menino começou a empolgar-se. "Nossa", pensou ele, "acho que este nosso diálogo vai ficar interessante... Hum, vou continuar perguntando" (era o que mais gostava de fazer). Mas o filósofo se antecipou e disse:

— A pergunta mais óbvia agora seria eu saber o seu nome e você o meu; que tal deixarmos essa para mais adiante, quando a gente se conhecer mais e, aí sim, o nome não fica como simples apresentação?

— Eu topo! — respondeu o menino. — Então, lá vou eu com uma pergunta diferente dessa do nome: você me perguntou o que é uma pergunta e eu lhe pergunto: *Quando surgiu a pergunta?*

O filósofo gostou imediatamente do menino, afinal, não era sempre que encontrava meninos interessados em saber as coisas. Respondeu:

— Ela surgiu quando nós, humanos e humanas, deixamos de apenas viver a vida e passamos a prestar atenção no mundo em que vivíamos, querendo conhecê-lo. A pergunta se faz não só com palavras: quando "estico" o ouvido para perceber um som, é a pergunta da audição; quando aproximo o nariz para captar um aroma, é o olfato que pergunta: *"Que cheiro terá?"*. Quando dirijo meus olhos para enxergar uma cena, é a pergunta dos meus olhos, que querem ver uma diferente paisagem e a procuram inquietos, como a perguntar: "*Como será?*". Quando coloco a mão sobre uma superfície para sentir se está quente, é a pergunta do meu tato. São minhas mãos perguntando: "*Será que está muito quente, será que já esfriou?*". Tudo isso é indagação, é questionamento, é curiosidade. Então, a pergunta existe desde que nós existimos.

O menino gostou dessa história de que não perguntamos só por meio de palavras, mas também pelo olfato, pela visão, pelo tato, pela audição... Lembrou-se de que gostava de experimentar diferentes frutas.

— Sabe, acho que meu paladar é muito perguntador, pois vivo querendo saber o sabor das frutas. Hum... São tão refrescantes, tão fresquinhas.

O filósofo sorriu. O menino também. E não é que ele estava gostando do filósofo? Afinal, nem sempre há pessoas dispostas a responder a perguntas de garotos.
O menino continuou olhando e sorrindo para o filósofo.
Por um instante, e só por um pequeno instante, indagou-se qual pergunta escolheria para fazer, pois dentro de si fervilhavam muitas perguntinhas.

— Por que é importante perguntar?

— Perguntar é aceitar que não se sabe ainda alguma coisa e, com essa atitude, mostrar que se quer saber, em vez de fingir que já se sabe. Perguntar é a ponte que nos põe em contato com o novo, no lugar de ficarmos apenas repetindo o antigo. Perguntar nos leva até um território inédito a ser explorado. A pergunta nos leva a terras desconhecidas, e, quando temos as respostas, ficamos mais cientes do local em que estamos. As respostas para alcançar curas de doenças, trazer ao mundo invenções e resolver problemas vieram das perguntas, e é desse modo que se criam soluções.

— Puxa vida, perguntar é importante mesmo! Devem ter existido perguntas e perguntadores famosos, não é mesmo?

— Aqui no Ocidente, onde vivemos, aquele que ficou mais famoso por perguntar de um jeito incessante foi um filósofo grego chamado **Diógenes de Sínope**, que há mais de 2.500 anos saía, de quando em quando, com uma lamparina na mão pela cidade, perguntando a quem passava:

"Onde está o Homem?
O que é o Homem? Por que existimos?"

— Ele sustentava que a gente deveria viver do modo mais simples possível. Diz-se que levava tão a sério isso, a ponto de viver parte do tempo nu, dentro de um barril, como o Chaves, do antigo programa da TV.

— O Chaves? Bem que eu sabia que o Chaves tinha algo de diferente. Acho que ele se inspirou nesse Diógenes.

— Percebo que você se interessa mesmo por esse assunto. Você gostaria de viajar comigo para o Reino das Indagações?

— De que jeito?

— Muito simples! Nós vamos dialogando e você vai imaginando algumas pessoas, locais e curiosidades que vamos visitar. Que tal?

— Combinado!

— Então, prepare suas perguntas e sua imaginação, que amanhã visitaremos o Reino das Indagações.

O menino estava empolgadíssimo com a possibilidade de perguntar muitas coisas. Em casa, mencionou aos pais sua mais nova amizade. Eles mostraram-se interessados em saber quem era esse amigo, e a mãe ficou particularmente preocupada. O filho disse que o havia conhecido na escola e todos o chamavam de filósofo. O pai logo se lembrou:

— Ah! Já sei quem é. Fique tranquila, querida! O filósofo foi, durante muito tempo, professor de Filosofia na Escola Estadual Cecília Meireles, aqui perto. Ele é casado com a dona Carmelita, que mora no fim da nossa rua.

— Ah! Já sei quem é. — A mãe tranquilizou-se.

— Fico contente em saber que você está conversando com ele, meu filho. Traga-o um dia à nossa casa e teremos alegria em recebê-lo! — disse o pai.

— Paiê!

— O que é, meu filho? — atendeu, já sabendo que o garoto perguntaria algo.

— O que é filósofo e o que é Filosofia?

— Ah! Meu filho, essas são boas perguntas para você fazer ao seu amigo. Onde vocês vão se encontrar?

— A biblioteca da escola tem um local para fazermos trabalhos e ali podemos conversar.

— Que bom! Então, escreva suas perguntas e leve-as até ele amanhã.

O pai pensou que era bom o menino encontrar alguém para responder às suas perguntas. Afinal, elas estavam mais difíceis a cada dia que passava.

É... seu filho estava crescendo!

CAPÍTULO II

VAMOS FAZER UMA VIAGEM AO MUNDO DA FILOSOFIA?

No outro dia, quando o menino chegou, o filósofo já o esperava com um livro na mão, emprestado da biblioteca.

— Bom dia. — saudou o menino.
— Que bom que está aqui. Ah! É verdade que você já foi professor de Filosofia?

— Sim. — O filósofo sorriu. — Mas essa pergunta não lhe dá a possibilidade de viajar ao Reino das Indagações.

Então o menino surpreendeu o filósofo. Abriu uma pequena pasta e tirou uma folha cheia de perguntas. Os olhos do filósofo iluminaram-se. Imediatamente pegou a folha do menino e disse-lhe:

— Esta é a sua passagem para o Reino das Indagações. Vamos andar pela escola, e responderei às perguntas para as quais eu souber alguma resposta. As outras, caro amigo, nós procuraremos juntos.

E assim começaram a andar... O filósofo leu as primeiras perguntas e percebeu que o menino estava bem ansioso. Pareceu-lhe que seu interlocutor precisaria ter tranquilidade para saber sobre as coisas e pensar sobre elas.

— O que é a Filosofia? Como e onde ela surgiu?

— A Filosofia, sem ter esse nome, sempre existiu, pois ela é a atitude de perguntar sempre pelos "porquês", em vez de ficar apenas sabendo os "comos".

PITÁGORAS

"Quem, pela primeira vez, usou a palavra 'filosofia' no Ocidente foi um homem apaixonado pelos números e pela matemática. Isso foi há muito tempo... Seu nome era **Pitágoras**, nascido há 2.600 anos na ilha grega de Samos. Ele, um estudioso respeitado, não gostava de ser chamado de sábio, pois achava muito arrogante esse termo. Por isso, quando alguém lhe perguntava o que fazia, dizia: 'Sou afetuoso para com o conhecimento, sou um amigo da sabedoria'. Essa expressão, amigo da sabedoria, em grego é *philos/sophia*, que, para nós, é filosofia.

"A Filosofia não consiste somente em sair por aí perguntando à toa, sem rumo; é um caminho com método, organização, crítica e comparação. Assim, apesar de Pitágoras ter criado a palavra, aquele que é considerado o primeiro filósofo — ou seja, o primeiro a organizar o pensamento de uma maneira filosófica — no Ocidente é **Tales de Mileto**, nascido mais de meio século antes..."

TALES

O menino interrompeu:

— E existiram mais amigos da sabedoria naquele tempo? Quais foram eles?

— Estou aqui com este livro e vou mostrar alguns a você... Veja aqui. Aqueles que podemos chamar de filósofos, desde a Antiguidade, são os que dedicaram a vida ao Reino das Indagações; muitos hoje seriam chamados de cientistas e pesquisadores, mas, na época, eram mesmo denominados e reconhecidos como sábios ou filósofos.

"Um deles, **Sócrates**, que viveu no século V a.C., foi tão importante para a Filosofia daquele período, que acabou servindo como marca divisória na linha do tempo da história da Filosofia, a ponto de hoje falarmos em pensadores pré-socráticos (embora alguns tenham sido seus contemporâneos), socráticos e pós-socráticos. Sócrates dedicou-se a pensar profundamente sobre 'onde está a verdade', sobre a ética e sobre a política, e recusou-se a ter de pensar baseando-se exclusivamente no pensamento dos outros. Além disso, em seu método, perguntava mais do que respondia, ensinando as pessoas a também pensar por si mesmas e ter as próprias respostas. Por causa dessa convicção, foi condenado à pena máxima por um tribunal de Atenas e morreu no ano de 399 a.C."

— Puxa, acho que gostei do Sócrates, pois também vivo perguntando muitas coisas e gosto de ouvir diferentes respostas. Você sabe que, às vezes, as pessoas me dão duas respostas diferentes para a mesma pergunta?

— Isso ocorre porque podemos ter dois pontos de vista acerca de um mesmo assunto. São formas de observar e perceber as coisas. O que você pensa quando ouve duas respostas?

— Paro um pouquinho e penso com o que realmente eu concordo. Por exemplo, às vezes, quando quero brincar na casa do meu amigo, o meu pai me deixa ir e a minha mãe, não. É mais fácil obedecer ao meu pai, só que ele não sabe da prova de amanhã e minha mãe, sim. Então acabo pensando bem e concordando com ela, que tem mais informações a respeito do assunto.

— Nesse caso, os dois lhe querem bem e você decidiu corretamente. Mas cabe dizer que, às vezes, uma pessoa pode ter mais informações, mas não ter respeito ao próximo. Ela poderá, então, manipular informações para prejudicar pessoas ou mesmo toda uma população.

— Nossa! E, nessa hora, como podemos opinar?

— Levando sempre em conta o conjunto das informações e procurando evitar tudo o que prejudique a si mesmo, os outros seres humanos e a natureza... Sócrates, por exemplo, achava que o critério era este mesmo: o que nós chamamos de "bem comum", ou seja, o que protege e favorece igualmente a todas e todos. Pode também surgir uma terceira resposta, fruto do diálogo entre as duas partes.

— Acho que gosto mais do Sócrates, que pensava no bem comum.

— Calma, você nem conhece os outros.

— Ah, é! — exclamou o menino. — Quais estão na linha do tempo antes e depois do meu amigo Sócrates?

— Antes de Sócrates — continuou o filósofo —, como pré--socráticos, tivemos homens como o antes mencionado Tales de Mileto, matemático e astrônomo, preocupado em saber qual era a essência da natureza (que, para ele, era a água).

"E mesmo **Pitágoras**, ao qual já me referi, dizia:

'A essência de tudo? Os números.'

"Há ainda **Heráclito**, um estudioso da mudança contínua de todas as coisas, a ponto de ser dele uma frase clássica:

'Nenhum homem toma banho duas vezes no mesmo rio, pois, quando volta, nem o homem é mais o mesmo, nem o rio é mais o mesmo.'"

— Essa frase confundiu minha cabeça.

— Então chega por hoje! Pense sobre ela e amanhã continuaremos. Para ganhar seu passaporte, me responda: que filósofo utilizava a maiêutica para obter respostas?

— Mai... o quê? — perguntou o menino.

O filósofo deu uma boa gargalhada e respondeu:

— Maiêutica (em grego, "fazer nascer"), que significa um método de perguntas e mais perguntas para provocar no outro profundos pensamentos.

— Ah! É muito fácil. Meu amigo Sócrates.

— Tenho certeza de que Sócrates ficaria muito feliz em ter, depois de tantos anos, um amigo como você. Esse é o valor das ideias próprias quando bem destinadas. Sócrates morreu há tempos, mas suas ideias ainda conquistam a simpatia de pessoas que vivem em outras épocas e até se sentem amigas dele. Você é uma delas. Tome aqui o seu passaporte.

> O menino foi para casa contente! Estava feliz por ser amigo do filósofo e, agora, por ser amigo de Sócrates. Um sentimento diferente acometia-o: vivia na realidade de sua vida de menino, com amigos, família e escola, e parecia viver um pouco no Reino das Indagações. "Aliás", perguntou-se, "por que nenhum homem toma banho duas vezes no mesmo rio?" E lá foi ele meditando. No outro dia, o menino chegou não com uma pergunta, mas com uma resposta:

— Quando cheguei aqui ontem, não sabia muitas coisas, e em nossa viagem ao Reino das Indagações você me apresentou muitos filósofos, cada um com uma forma de pensar. Hoje, ao chegar aqui, já não sou o mesmo menino. Volto ao mesmo lugar totalmente diferente e com um novo amigo: o Sócrates. Acho que é isso que o Heráclito quis dizer com a frase "Nenhum homem toma banho duas vezes no mesmo rio, pois, quando volta, nem o homem é mais o mesmo, nem o rio é mais o mesmo."

— Você me surpreende, garoto. Suas respostas estão muito boas e, o que é melhor, com suas próprias ideias.

> O menino entregou suas perguntas ao filósofo, que escolheu uma e a leu em voz alta:

— O que é a ética que você mencionou ontem?
— Já vivemos uma experiência de refletir sobre a nossa atitude e ver se ela está certa ou não. Costumamos dizer,

quando achamos ter feito algo errado: "Estou com peso na consciência!". A ética se apresenta como um conjunto de princípios e valores que guiam e orientam o nosso comportamento e as relações entre as pessoas. Ao longo da história, o que pode ser certo para o costume de um povo, pode não ser para outro. A isso chamamos moral. Entretanto, a ética é mais ampla que a moral, pois servirá para todos igualmente e por tempo indeterminado. É um conceito que aparecerá em toda a história da Filosofia e, mais tarde, em todas as disciplinas hoje conhecidas. No Reino das Indagações em que estamos entrando, encontraremos muitos jeitos de entender e perceber as coisas... Gostaria, porém, que sempre pensasse sobre isto: a ética se apresenta para cada pessoa como resultado do mundo em que vive hoje e da história que a humanidade percorreu. Apresenta-se também por meio da prática nossa do dia a dia, ou seja, quando levamos em consideração não só o nosso bem, mas também o bem de todos, buscando contribuir para uma sociedade mais justa.

Após uma breve pausa, o filósofo anunciou:

— Bem, com a primeira de suas perguntas, você está com o passe livre para o Reino das Indagações!

E, estendendo simbolicamente o braço, como quem convida o acompanhante para adentrar em algum lugar, recomeçou:

— Neste momento, quero continuar apresentando outros filósofos antes do Sócrates. Por exemplo, **Parmênides**, que era totalmente contrário à interpretação de Heráclito e dizia:

'*A mudança é uma ilusão passageira, pois, no fundo, no fundo, tudo é imutável.*'

"Houve outro amigo da sabedoria chamado **Empédocles**, autor da seguinte ideia:

'*Tudo é feito de quatro elementos (água, terra, fogo e ar), e eles se atraem e se afastam, gerando as mudanças.*'

"Ou **Anaxágoras**, para quem a realidade física é composta de partículas que se agrupam e se separam, obedecendo a uma inteligência superior."

— Meu Deus, agora já nem sei se sou o mesmo, se não mudo nunca ou se é algo que me faz mudar.

— Percebe quantas possibilidades existem numa mesma coisa? Isso pode ajudar os cientistas a construir inúmeras soluções para problemas que afligem a humanidade, como a invenção de novos medicamentos, a produção de tecnologias avançadas e saídas para os processos de reciclagem. Tudo porque um oferece uma ideia, outro a melhora e mais um a aperfeiçoa. A resposta para um problema é o resultado da combinação do conhecimento já aprendido com o experimento das novas ideias. Mas avancemos em nossa linha do tempo — continuou o filósofo, novamente abrindo um grande livro retirado da biblioteca.

"Depois de Sócrates, mas muito próximo dele, temos seu principal discípulo, **Platão**, por intermédio de quem conhecemos o pensamento socrático, pois Sócrates nada deixou escrito. Platão expunha seus pensamentos por meio de textos em forma de 'diálogos' (como estamos fazendo aqui), e 27 dos diálogos a ele atribuídos são reconhecidos como de sua autoria exata. Sócrates só não é o filósofo central (perguntador/respondedor) em um deles. O pensamento socrático e o pensamento platônico se misturam, podendo ser sintetizados na seguinte ideia:

'Este mundo no qual vivemos é apenas a reprodução do mundo perfeito em que os deuses habitam. Assim, se quisermos viver com plenitude, temos de nos aproximar o máximo possível da sabedoria e do conhecimento, que são as verdades. Ora, se as verdades moram no mundo perfeito, ficaremos próximos daquele mundo se o conhecermos e agirmos de acordo com ele, e então este mundo em que vivemos menos imperfeito será.'"

— Ô seu filósofo — interrompeu o menino. — Às vezes você fala de um modo veloz e eu não compreendo muito...

— Pense sobre o que eu disse há pouco e verá que compreenderá — tornou em tom sério o filósofo. — Aliás, quando perguntamos sobre todas as coisas e nos interessamos sinceramente pelas respostas, naturalmente nos aproximamos do Reino das Indagações, local em que moram o conhecimento e a sabedoria. Mas continuemos... Platão teve um estupendo discípulo, que com ele estudou por 20 anos e é considerado talvez o maior pensador de toda a história ocidental, visto que seus estudos abrangeram a Filosofia, a Matemática, a Biologia, a Física, a Política, a Literatura e a Lógica: trata-se de **Aristóteles**. Entretanto, embora tenha sido aluno de Platão, não concordou com sua teoria e dizia:

"É neste mundo em que vivemos que podemos alcançar as essências, e não em um mundo perfeito, imaterial e eterno."

— Ah! Então quer dizer que Sócrates e Platão, de um lado, achavam que a Verdade está em um mundo além do nosso, e Aristóteles achava que a Verdade está no mundo em que vivemos. É isso?

— Exatamente. Mas há outros pós-socráticos menos relevantes em torno de escolas dedicadas à ética e ao modo de bem viver, como a dos estoicos, que nos recomendavam sofrer passivamente e viver sem sobressaltos.

— Nossa! — interrompeu o menino novamente. — Esse Reino das Indagações teve muita gente importante.

— Tem mais ainda. Isso tudo é na Antiguidade, como chamamos o período da nossa história até o século V d.C. Durante o período que será chamado de medieval (ou Idade Média), haverá também a presença de filósofos. Contudo, como o domínio político e econômico na Europa será da Igreja Católica, até aproximadamente o século XV, a Filosofia estará atrelada aos rumos da Teologia e da religião cristã. Assim, tivemos o filósofo **Agostinho** (chamado de santo pelos católicos), ainda no século V, partidário das ideias platônicas, que apoiou reflexões sobre *a fé acima da razão*.

Vamos Fazer uma Viagem ao Mundo da Filosofia? 23

"No século XII, o filósofo judeu chamado **Maimônides**, que nasceu na atual Espanha (quando dominada pelos muçulmanos) e morou boa parte da vida no Egito, revigora o pensamento de Aristóteles, fazendo que *a força da razão auxilie também a fé*.

"Foi acompanhado por um admirador chamado **Tomás de Aquino**, italiano do século XIII, que trouxe contribuições importantes na busca da *conciliação entre fé e razão*."

— Puxa, quanta discussão entre fé e razão, e que bom que nasceu naquela época São Tomás de Aquino, que tentou abraçar a fé e a razão... — o menino refletia em voz alta.

— Nesse mesmo mundo medieval viveu também um inglês para quem a única verdade verificável era a dos sentidos e, portanto, Deus não poderia ser conhecido: **Guilherme de Ockham**, famoso por seus dois princípios para a ação humana:

"*É desnecessário fazer com mais o que se pode fazer com menos.*"

"*O essencial não deve ser multiplicado sem necessidade.*"

"A Idade Média — prosseguiu o filósofo —, no nosso jeito de marcar o tempo, termina formalmente no século XV, começando então a Idade Moderna, que segue até o século XVIII. Nesse período, uma pergunta foi debatida intensamente na Filosofia..."

24   O Que é a Pergunta?

— Qual pergunta, qual pergunta? — o menino ficara muito curioso.

— A pergunta era: *Qual seria o lugar mais certo para construirmos as verdades?*

— No pensamento?

— Exatamente. *Na cabeça humana, bastando-nos o uso da razão, mas também pode ser no mundo material, tendo de mexermos nele para ver se aprendemos o que esse mundo nos ensina.*

— Mais uma vez duas respostas para a mesma pergunta — observou o menino.

— Claro que todo esse desassossego tem a ver com o renascimento das cidades e dos comércios, com as navegações (que vão chegar ao que hoje é chamado de Brasil), com as primeiras formas de indústrias modernas. Em outras palavras, já não bastava apenas "pensar" o mundo; era preciso transformá-lo, produzi-lo, criar mercadorias e produtos etc.

— Nesta hora — o filósofo foi-se animando — vem à tona o inglês **Francis Bacon** (*bacon* mesmo, tal como alguns de nós somos rocha, pereira, macieira, machado, costa, oliveira)...

— Que engraçado! — comentou o menino em meio a um bocejo.

BACON

— Escute, você me parece um tanto cansado. Não quer continuar amanhã? Afinal, você está com esse livro em mãos e poderá dar uma olhada nele se assim o quiser.

São muitos os filósofos com os quais estamos mantendo contato e viajando através dos tempos, mas creio ser importante conhecê-los e sabermos ao menos um pouco de suas ideias. Até porque Francis Bacon vai organizar um método muito interessante, do qual creio que você vai gostar. Tome seu passaporte. Hoje o passe é livre por causa de sua atenção.

— Obrigado! É que são tantas possibilidades, que não consigo nem fazer perguntas. — E lá se foi o menino, cansado.

Agora quem ficou meditando foi o filósofo.

Será que ele não estava dando ao menino oportunidade para pensar sobre o que estava sendo dito? Bem, também era importante ajudá--lo a constituir uma base de conhecimentos, com grandes pensadores e amigos da sabedoria, para que ele próprio tivesse suas respostas.

Mais um dia se passou...

CAPÍTULO III

A FILOSOFIA E O MÉTODO CIENTÍFICO

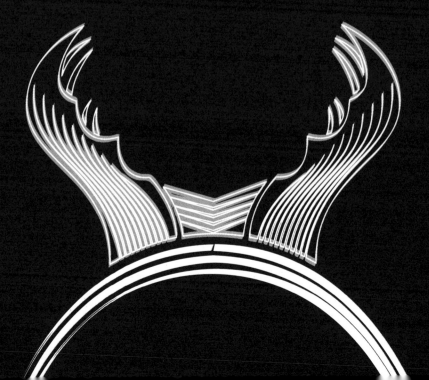

" Será que ele voltará?", pensou o filósofo no outro dia. Logo o avistou e secretamente se alegrou. O menino estava iluminando-lhe os dias com sua curiosidade, sua companhia e, claro, suas perguntas.

— Bom dia! — disse o menino com a mesma vivacidade de sempre.

"Crianças são assim mesmo", pensou o filósofo. "Cansam-se, descansam e logo depois já estão novamente empolgadas."

— Vamos continuar a falar do *Bacon*? — o menino deu um risinho maroto ao lembrar o nome.

— Claro que sim, meu amigo. Mas vamos andar próximo ao laboratório aqui da escola.

Quando ali chegaram, o filósofo disse:

— Francis Bacon se propôs, no século XVI, a organizar um método para a aquisição do conhecimento verdadeiro e para a sua experimentação e aplicação no cotidiano. Para ele, a natureza "fala" conosco, "se oferece" em forma de dados, e nós precisamos aprender a lidar com ela; é dele o provérbio: *"Saber é poder"*. Ele constituiu um método, chamado de método indutivo, que apresento em alguns passos:

"Observar a realidade, destacar algum problema observado, levantar hipótese para explicar esse problema, fazer experiências na realidade para ver se a hipótese está certa, refazer as experiências para ter contraprovas, chegar a uma conclusão geral, que será a teoria explicativa para aquele problema, e, se a teoria se sustentar com outros experimentadores, promulgá-la como uma lei científica."

O menino não perdeu tempo: anotou tudo. Em seguida, declarou:

— Vou realizar uma experiência aqui na escola e ver se esse método funciona mesmo!

— Pois não é que você está querendo fazer igualzinho fez **Galileu Galilei**? Ele seguiu firmemente nessa direção, realizando experimentos importantes para o mundo.

— Não foi ele que disse que a Terra é que se movimenta ao redor do Sol, e não o contrário?

— Sim, Galileu provou isso, embora a ideia inicial, ainda sem prova, fosse de **Nicolau Copérnico**. Galileu trouxe importantes contribuições como astrônomo e físico, além de ter sido matemático e filósofo. Ele tornou-se o pai da ciência moderna. No ano em que morre Galileu, nasce **Isaac Newton**, um dos maiores pensadores da história, que também usará os novos métodos.

A Filosofia e o Método Científico

— Na escola, aprendi sobre ele quando estudamos a lei da gravidade em Ciências e as cores e o prisma em Artes — comentou o menino.

— Como podemos perceber, alguns conhecimentos eram vistos em conjunto e hoje se apresentam de forma separada por meio das muitas matérias que estudamos na escola. Isaac Newton, por exemplo, foi físico, matemático, alquimista e filósofo natural.

— Quando você fala sobre eles, fico com vontade de entrar na biblioteca e conhecer a vida de todos. Quem eram? Como era o mundo na época em que viveram? O que fizeram? Quais suas dificuldades? Quais suas vitórias? Como eram suas famílias?...

— Quando pegamos gosto pelo estudo e pelo conhecimento, não queremos parar mais. Por que você não sugere a um de seus professores a composição e a partilha de um grande álbum de biografias? Cada colega escolheria algum personagem da história e apresentaria a biografia num determinado dia — propôs o filósofo.

— Ótima ideia! Vou falar amanhã mesmo com um professor. Mas vamos continuar, estou gostando dos cientistas...

— A questão, naquela época, era que não bastava afirmar teorias. Havia aqueles, como o francês **René Descartes**, que queriam fundar uma base sólida e inquestionável para edificar o conhecimento. Em seu livro *Discurso do Método*, ele propôs que o único caminho para começar a chegar à verdade é ser capaz de duvidar de tudo que conhecemos, estudamos ou nos ensinaram, até chegar a algo fora de dúvida. Ora, diz ele, podemos duvidar de tudo, menos da dúvida.

Portanto, só duvido porque existo, e sei que existo porque estou pensando agora nisso; portanto: *penso, logo existo*.

"Dessa forma, considerou Descartes, a verdade da qual não podemos duvidar e que é inquestionável é o pensamento, e não a realidade material, e sobre o pensamento é que devemos apoiar qualquer resposta a respeito do mundo e de nós mesmos."

— Então — opinou o menino —, continua a discussão sobre se a verdade está na cabeça da gente ou se está no mundo?

— De fato, na esteira dessas discordâncias e concordâncias acerca de onde está a verdade, no mundo ou na razão, vários filósofos vieram ao debate, valendo mencionar, em posição quase concordante com Descartes, o holandês **Spinoza** e o alemão **Leibniz**. Mais ao lado de Bacon está o inglês **Locke,** para quem tudo o que sabemos vem só da nossa experiência enquanto vivemos, pois a nossa mente nasce como um "papel em branco" e, aos poucos, vamos preenchendo-a de ideias, e também o escocês **Hume**. Para tentar resolver o impasse, o alemão **Kant** propõe:

"Temos conhecimentos que já nascem conosco (e que não sabemos quais são) e outros que aprendemos (por experiência que temos com o mundo) e sobre os quais não temos certezas."

"**Hegel**, por exemplo, afirmava: *nossas ideias é que produzem o mundo que fazemos.* Dizia ele, em outras palavras:

'Tudo aquilo que é racional é real, e tudo aquilo que é real é racional.'

"Ou seja, o mundo que nós, humanos, construímos é fruto do nosso pensamento por livre vontade: nossa cabeça faz o mundo!

"Veio **Marx**, um defensor do inverso, ou seja: *o mundo em que vivemos é que faz as nossas ideias.* Para ele, o mundo que nós, humanos, construímos é fruto da necessidade de termos de produzir os meios para existirmos: o mundo faz nossa cabeça!

"Quase junto apareceu **Nietzsche**, para quem *é preciso demolir todas as crenças existentes e afirmar a supremacia do poder humano levado ao máximo.* Afirmava ele que, diante de um mundo que nada mais é do que um caos de forças desordenadas, ou se assume o papel de *cordeiro*, cheio de fraqueza, ou se assume o papel de *super-homem*, cheio de poder.

"Depois houve **Husserl**, que dizia estar preocupado em *atingir a essência da realidade a partir do modo como a realidade mesma se mostra.*"

O menino estava maravilhado com tantos filósofos. Cada um que lhe era apresentado suscitava-lhe a vontade de estudá-lo melhor, conhecer profundamente suas ideias e sua vida. Mas esse menino tinha sempre alguma pergunta...

— Eram todos homens? Nesse reino todo não existiu alguma mulher que ficou famosa por ser filósofa?

— Muito boa a sua pergunta, meu jovem! — exclamou o filósofo. — Até o século XX ocidental e nos 2.600 anos mais recentes, a posição da mulher no mundo da Ciência e da Filosofia foi colocada em um papel secundário. Por todo esse período, o poder nas sociedades era predominantemente masculino, o que hoje chamamos de "machismo". Nesse caso, na Antiguidade era quase impossível alguma mulher ter destaque no campo intelectual. Com o passar do tempo, na Idade Média, boa parte da Filosofia foi produzida nas Igrejas e nas universidades fundadas pelas Igrejas, o que excluía as mulheres do acesso ao comando. Na Idade Moderna, o mercantilismo, as navegações, a industrialização continuaram situando o mundo feminino numa posição de subordinação ao mundo masculino. Se você voltar à biblioteca e pesquisar em alguns livros, verificará que em todo esse período quase não encontramos pintoras, escultoras, arquitetas, cientistas, filósofas. É uma pena, mas não havia permissão para isso.

"Você sabia — continuou — que, em muitas sociedades, a mulher que decidisse estudar mais, fazer pesquisas, viver sozinha sem um homem que nela mandasse era chamada de 'bruxa' e destinada à solidão ou ao castigo?"

— Ainda bem que a minha mãe não viveu naquela época, pois ela gosta de estudar, para conhecer vários assuntos, e trabalhar, para ter o próprio salário e contribuir com nossa família e também consigo mesma. E ela não tem nada de bruxa. Mas, então, se eu for verificar nos livros, não vou encontrar nenhuma pensadora daquela época?

— Bem, algumas mulheres, bem poucas, se destacaram mesmo à força, como **Safo**, uma poetisa nascida na Ilha de Lesbos, na costa grega, que foi contemporânea de Tales de Mileto. Só restaram pedaços de sua obra e um poema mais completo, mas há muitas referências a ela em outros pensadores do mundo grego antigo. Existiu também uma estudiosa (matemática) egípcia chamada **Hipácia**: muito bonita, decidiu não se casar e enveredou pelo mundo do conhecimento. Era tão boa matemática, que pessoas de várias partes da Europa lhe enviavam problemas dessa área para que ela os resolvesse. Como era uma mulher que representava grande perigo para os interesses políticos da época, os quais não favoreciam a produção intelectual das mulheres, ela acabou perseguida e morta por um grupo de fanáticos religiosos quando voltava da biblioteca em que trabalhava. Mas é lembrada como uma das grandes mentes do Egito antigo. Em outra direção, teremos, no século XVI, a espanhola Teresa de Cepeda y Ahumada (conhecida como **Teresa de Ávila**), com destaque nas áreas de Filosofia e Teologia. Escritora e fundadora da ordem religiosa Carmelitas Descalças, é considerada santa pelos católicos e foi a primeira mulher nomeada doutora pela Igreja.

— Que fatos estranhos... A mulher que se destacava, ou era considerada santa, ou era perseguida — ponderou o menino.
— Cabe aqui — disse o filósofo. — complementar seu pensamento com uma belíssima reflexão de Hannah Arendt:

"*Não é a pessoa que habita este planeta, mas as pessoas. A pluralidade é a lei da terra.*"

— O que não ocorria com os homens — prosseguiu o filósofo. — No século XX, passamos a ter uma presença mais vitoriosa da Filosofia produzida por mulheres, como **Edith Stein, Simone de Beauvoir, Hannah Arendt** e **Simone Weil**, irmã do matemático André Weil e mulher dotada de brilhante inteligência. Escreveu e desenvolveu análises sobre a vida dentro das fábricas, onde chegou a trabalhar para descobrir como viviam os operários em meio ao mundo das máquinas. Aos 12 anos, ela já falava grego arcaico e, aos 15, obteve um bacharelado em Filosofia, sendo uma das primeiras mulheres a estudar na instituição francesa École Normale Supérieure.
— Acho que vou mesmo seguir o seu conselho e propor estudos de biografias na minha sala, pois já fiquei curioso para saber quem são essas mulheres que estavam à frente do seu tempo.
— Como já lhe disse, o Reino das Indagações é imenso...
— Posso avançar no tempo? — perguntou o menino.
— Claro! Se uma pergunta leva a outra, você pode avançar e retroceder quantas vezes quiser...
— Como são os filósofos no mundo de hoje?

— Com o avanço veloz da Ciência, muito do que um dia já foi considerado Filosofia encontra, agora, na Física, ou na Biologia ou na História, a sua explicação mais próxima. Por exemplo, veja o físico e cosmólogo inglês **Stephen Hawking**, que nasceu exatamente 300 anos depois da morte de Galileu e concentrou seus estudos e ideias na *busca do ponto inicial de nascimento do nosso universo.*

— Quer dizer que antes ele poderia ser considerado filósofo, mas hoje é considerado só físico? Por quê? — logo perguntou o menino.

— Por quê? — devolveu a pergunta o filósofo.

— Nossa! — O menino olhara o relógio. — Tenho de voltar pra casa.

— Se não responder, não sairá do Reino das Indagações.

O menino parou por um instante, refletiu e respondeu:

— Acho que é porque algumas perguntas que surgem na Filosofia têm suas respostas em outras matérias, e, então, parece que a pergunta veio de outro lugar que não a Filosofia.

— Aliás — completou o filósofo —, um grande pensador e matemático britânico do século XX, **Bertrand Russell**, chegou a dizer que a Filosofia era a "ciência da sobra", pois determinada pergunta mal começava a ter respostas mais concretas, já saía do terreno filosófico e entrava no terreno científico. As perguntas que "sobravam", dizia ele, continuavam como Filosofia... A sua resposta foi muito boa, tome seu passaporte de volta. Amanhã poderemos nos encontrar, se você quiser.

— E o filósofo devolveu-lhe sua lista de perguntas.

— Obrigado. É claro que quero...

O menino, enquanto seguia para casa, pensou: "Puxa! Só fiz minhas primeiras perguntas. Que estranho! Cada pergunta que faço ao filósofo me leva a outras perguntas..."

E lá se foi o menino com seus pensamentos e perguntas...

ALGUMAS RESPOSTAS DADAS PELOS FILÓSOFOS

ÀS PERGUNTAS QUE TODOS FAZEMOS

No outro dia, quando o filósofo chegou à sala de estudos ao lado da biblioteca da escola, lá estava o menino com seu olhar brilhante e curioso à sua espera. O filósofo novamente se surpreendeu com a atitude do menino. Lembrou-se do tempo em que era professor. Sim, existiam estudantes que ele considerava surpreendentes. Pedia uma pesquisa e, no outro dia, os estudantes traziam-lhe a pesquisa e mais algo novo para mostrar-lhe. Em sala de aula, quando começava uma explicação, lá vinham os estudantes interessados com suas mãos erguidas e suas perguntas: *"Por quê?" "Quando?"* Ah! Sempre cheios de perguntas e de boa vontade para aprender e compartilhar seu conhecimento com o professor e com os colegas... Viviam aprendendo aqui e ali e ensinando também. Sem dúvida, traziam mais vida e cor às aulas. Assim como existem professores inesquecíveis para os estudantes, existem estudantes inesquecíveis para seus professores. O mais bonito é que há todos os tipos de docentes e de estudantes e há marcas deixadas por todos. Só o descaso e a indiferença é que não deixam marcas.

— Bom dia! — cumprimentou o filósofo. — Vejo que você chegou antes do horário combinado.

— Bom dia! — respondeu o menino e, com uma expressão mais séria, complementou: — Eu cheguei mais cedo porque precisava pensar um pouco sozinho.

— É bom ficarmos em companhia de nossos pensamentos e escolher com quais queremos ficar. Você gostaria de falar sobre alguns dos pensamentos seus?

— Claro que sim. Estou aqui com minha lista de perguntas e descobri que, quanto mais perguntas faço, mais perguntas tenho... Descobri que o Reino das Indagações é infinito e rico. Pensei até numa fórmula:

Pergunta + resposta = mais perguntas.

"Puxa, vou ficar rico com tantas perguntas! — exclamou o menino."

— Vai mesmo! — o filósofo sorriu. Realmente esse menino o surpreendia. — Bem, para que você novamente entre no Reino das Indagações, qual será a primeira pergunta?

— Gostaria de continuar o assunto de ontem. Você me respondeu que, com o passar do tempo, muitas perguntas da Filosofia foram respondidas por outras matérias que estudamos na escola. Mas... eu ainda lhe pergunto: Quais seriam os filósofos conhecidos nos tempos atuais? E no Brasil, há filósofos?

— Há grandes homens e mulheres que hoje em dia nos provocam com as suas perguntas, como a brasileira **Marilena Chaui**, querendo saber:

"Quais são as bases para o comportamento moral e por que existe 'servidão voluntária'? Quais são as forças da ideologia e o valor da democracia?

"Lembremos o grande educador brasileiro **Paulo Freire** e suas inquietações persistentes, orientadas para uma educação que liberte em vez de domesticar, emancipando os oprimidos.

"Paulo Freire é o brasileiro que recebeu o maior número de títulos de doutor *honoris causa* (por causa da honra) em toda a história: foram mais de 40 oferecidos por universidades de todo o mundo, mesmo depois de sua morte em 1997. Paulo Freire já dizia que 'é tempo de perguntar'. E perguntar deve ser um processo de fala e de escuta para que ocorram descobertas coletivas, em que as vozes e as ideias são sempre bem-vindas. Para ele, a criação de espaços dialógicos permite que todos se apresentem, falem do local em que estão inseridos, mostrem-se ao mundo. Ao invés de uma escola feita para responder, teríamos uma escola feita para perguntar. Assim, ampliaríamos nossa visão de mundo e avançaríamos juntos rumo ao inédito. E que esse inédito fosse viável para todos.

"Há também o alemão **Habermas**, que se preocupa com os fundamentos racionais da democracia. Para ele, é preciso aprofundar a compreensão do modo como nos comunicamos e nos entendemos, a fim de atingir, na democracia, o máximo de consenso e legitimidade."

O menino retirou um bloquinho do bolso e começou a anotar, dizendo em voz alta:

— Comportamento moral... Servidão voluntária... Educação que liberte... Fundamentos racionais da democracia.

— Por que você está anotando tudo isso?

— Porque vou pesquisar mais tarde na minha casa para entender direito esses assuntos.

"Decididamente ele era um menino surpreendente", concluiu em pensamento o filósofo. "Já não bastasse querer conhecer as biografias, agora queria estudar novos conceitos?"

— Existem perguntas que não foram respondidas?

O menino não dava trégua!

— É uma ótima pergunta. E a uma pergunta como essa eu pediria que você respondesse primeiro, pois hoje estou com pouco tempo e já estamos terminando nosso encontro. Para sairmos do Reino, você deverá deixá-lo com uma resposta sua. Esse é o nosso jogo.

O menino pensou por um momento. Então imaginou que, para responder à sua própria pergunta, deveria sentir-se como um filósofo. Por um instante, fechou os olhos e imaginou-se no tempo de Sócrates, Platão... Parecia que os ouvia perguntar: *"De onde viemos? Para onde vamos?"* Suas vozes ecoavam ao longe em sua mente... Eram perguntas sem respostas. O menino, então, respondeu ao filósofo:

— Sim, existem muitas perguntas sem respostas — afirmou com segurança. — Perguntas como: *De onde viemos?*

— Isso mesmo — confirmou o filósofo. — Continuam várias perguntas: *De onde viemos? Para onde vamos? Qual é a origem do mal? O que é felicidade? Como viver coletivamente bem? Como formar pessoas para a liberdade? Como impedir qualquer violência? Afinal, qual é o sentido da vida?* É a vitória da pergunta! Ainda bem; isso é sinal de que a vida continua... Vamos voltar?

No encontro seguinte, o menino e o filósofo passearam pelo pátio da escola. Aliás, enquanto caminhavam, o filósofo revelou ao menino que Aristóteles gostava de ensinar andando pelos jardins com os discípulos acompanhando e, por isso, seu jeito de ensinar era chamado de *peripatético* (em grego, *peri* significa "ao redor", e *pateô* significa "ando a pé"). Ao fundo, uma praça com algumas árvores, bancos e um alpendre cheio de parreiras foi o local escolhido para mais um dia de diálogo. O menino já sabia que teria de fazer uma boa pergunta para entrarem do Reino das Indagações.

— Ontem conversamos sobre perguntas sem respostas — lá vinha o menino com suas anotações. — Muito bem — disse num tom de quem tem um trunfo nas mãos. — Só que gostaria de saber se houve filósofos que tentaram responder às perguntas que elaborei e se algumas delas foram respostas oficiais, ou seja, se são respostas que vou encontrar em livros, embora eu saiba que nem tudo que está em um livro é oficial.

O menino entregou ao filósofo uma nova lista, repleta de perguntas. O filósofo quase deu um pulo para trás ao lê-las.

— Mas quem é o filósofo aqui? — perguntou.

O menino, todo orgulhoso, disse-lhe:

— Já estou ficando muuuuito rico de perguntas. Podemos entrar no Reino das Indagações?

— Claro que sim, caro amigo! — E o filósofo leu novamente toda a lista de perguntas...

— Vou começar — disse o filósofo — pela sua primeira pergunta, aquela que nós, homens e mulheres, por toda a história humana fazemos: *O que é um ser humano?*

"As respostas, como sempre em Filosofia, são múltiplas. Há desde a clássica definição de Aristóteles:

'O homem é um animal racional...'

... até a visão do francês **Pascal**, no século XVII:

*'O que é o homem na natureza?
Um nada em comparação com o infinito,
um tudo em face do nada, um intermediário
entre o nada e o tudo.'"*

— Nossa! — deixou escapar o menino. — Tem mais?

— Sim. O mesmo Pascal proclamava:

*"O que é, portanto, o homem? Que novidade,
que monstro, que caos, que vítima de
contradições, que prodígio?
Juiz de tudo, imbecil verme da terra; depositário
da verdade, cloaca de incertezas e de erros, glória
e rebotalho do universo."*

— Nossa! — mais alto falou o menino.

— No século XX — tornou o filósofo —, o também francês **Jean-Paul Sartre** disse:

"Ser homem é tender a ser Deus; ou, se preferirmos, o homem é fundamentalmente o desejo de ser Deus."

"**Protágoras de Abdera**, do século V a.C., afirmou:

'O homem é a medida de todas as coisas.'

"Pior foi a visão do grego **Píndaro**, que, pouco antes de Sócrates, dizia:

'O homem é o sonho de uma sombra.'

"Pode ser um pouco mais cruel se olharmos **Voltaire**, no século XVIII, e sua ideia de que:

'A espécie humana é a única que sabe que tem de morrer.'"

— Mas o que acontece quando morremos? A Filosofia também tenta responder a isso?

— Sem dúvida. Há desde visões bastante animadoras, como a de Teresa de Ávila (que em outro momento já mencionei), quando ela diz:

"É uma alegria eu ouvir o relógio bater; vejo que passou outra hora da minha vida, creio-me um pouco mais perto de Deus..."

... até posições como a de Spinoza, que lembrava, no século XVII:

"Aquilo em que o homem livre menos pensa é na morte, e a sua sensatez leva-o a meditar, não na morte, mas na vida."

"Já o ateniense **Epicuro**, lá no século IV a.C., indagava:

'Por que ter medo da morte? Enquanto eu existo, a minha morte não existe; quando a minha morte existir, eu não existirei mais; portanto, nunca vamos nos encontrar.'"

— Mas — o menino mostrava-se agora bastante ansioso — e o depois da morte?

— Bem, a isso, a Filosofia, a Ciência, a Arte e a Religião vão tentar dar uma resposta, e ela não é única. Na Filosofia, há aqueles, como Sócrates e Platão, cuja crença era:

"Termos uma alma imortal que, após a vida parar no corpo, volta para o mundo perfeito e pode até retornar em outro corpo."

"Na religião, cristãos como Agostinho e Tomás de Aquino defenderam:

'A imortalidade da alma, da nossa essência, e que esta, tendo de Deus vindo, a ele voltará para sempre entre os que assim merecerem.'

"O brasileiro **Leonardo Boff** costuma dizer:

'Assim como já viveu em outro mundo, isto é, os nove meses no útero, e saiu para este mundo até chorando, é provável que deste vá para outro com um certo choro, mas certo de que será melhor.'"

— Ainda bem — suspirou o menino.

— Por isso — continuou o professor —, vale muito pensar nas palavras de um brasileiro que não é reconhecido como "filósofo", mas tinha lá suas filosofias. É **Aparício Torelly** (apelidado por si mesmo, de brincadeira, Barão de Itararé). Ele dizia, em meados do século passado:

"A única coisa que a gente leva da vida é a vida que a gente leva."

— Hummm! — O menino ficou meditando sobre essas últimas palavras...

O filósofo, naquele dia, estava disposto a apresentar não só pessoas, mas também virtudes que desenvolvemos no percurso de nossa vida.

— E que vida levamos? Uma vida cheia de conhecimento, amizade, liberdade, fraternidade, identidade? Ou não? — perguntou o filósofo.

— Fraternidade eu sei o que é — sussurrou o menino. — *É ser capaz de olhar e aceitar as outras pessoas, dando-lhes a mesma importância e valor na vida como a mim próprio. É ser capaz de ver o outro ou a outra como irmão ou irmã.* — e emendou — Meus pais me ensinaram que é preciso ser fraterno com todas e todos, pois a humanidade é uma só.

— Veja — observou o filósofo —, agora mesmo você apresentou uma compreensão sua da fraternidade e um ensinamento de seus pais.

E, abrindo os braços alegremente, declarou:

— Todos podemos ser filósofos!

— Eu já me sinto filósofo — disse o menino.

— Sem dúvida! Houve um pensador africano que viveu em Roma no século II a.c., chamado **Terêncio**, que ficou famoso por afirmar:
"Tudo o que é humano não me é estranho."

"Ou seja, tudo o que afetar, atingir, vitimar, ofender a outra pessoa também me afeta e atinge, pois somos iguais na dignidade e humanidade."

— Mas — tornou o menino —, se somos iguais, onde fico eu mesmo, naquilo que sou e que ninguém mais é? Minha questão pode ser expressa também pela seguinte afirmação: *eu sou eu entre muitas pessoas, mas continuo sendo eu mesmo.*

— Puxa! — o filósofo abriu os olhos surpreso. — A cada momento você está filosofando mais e melhor. Isso a que você procura dar um nome, a gente chama de "identidade". A vida precisa ser todos por um e um por todos, sem que o um deixe de ter a sua identidade. Você é você de um jeito único; o outro também é assim! É o que chamamos de *"valor da unidade na diversidade"*. Aí entra a liberdade: cada um é um e, por sê-lo, é livre na igualdade coletiva. Ser livre é diferente de ser soberano; *soberania* é fazer o que eu quiser, independentemente dos outros e do efeito dos meus atos sobre eles, ao passo que:

"Liberdade é poder agir e pensar de acordo com a minha consciência e desejos, sem que tal jeito vitime o coletivo."

— Claro! — desta vez foi o menino que abriu bem os olhos. — Eu sou livre e os outros também são; porém, a liberdade de cada um fica protegida se todos levarem em conta e aceitarem a igualdade da liberdade de todos.

— Isso mesmo. Vale pensar assim na frase de **Roger du Gard**, um francês que ganhou o Prêmio Nobel de Literatura em 1937:

GARD

"Tudo é permitido desde que não nos enganemos a nós próprios, desde que saibamos o que fazemos e, tanto quanto possível, por que o fazemos."

"Sartre, há pouco citado, afirmava:

'A liberdade não tem essência; ao contrário, é ela que constitui a base de todas as essências.'"

— Igualdade, liberdade e fraternidade! — lembrou o menino. — São os lemas da Revolução Francesa de 1789, que a gente estudou em História. Preciso contar isso aos meus amigos e amigas.

— Mas... — o menino refletiu — nós conversamos sobre grandes pensadores através dos tempos. E para o futuro? Será que máquinas e robôs serão capazes de responder a perguntas com mais eficiência do que nós, seres humanos?

O filósofo sorriu:

— Isso me faz pensar no escritor uruguaio Eduardo Galeano, que uma vez viu escrita a seguinte frase numa parede na cidade de Quito: "Quando tínhamos todas as respostas, mudaram todas as perguntas."

E prosseguiu:

— E você está fazendo uma pergunta que nunca ouvi. Veja, a inteligência artificial está acessível. Por que não perguntamos a ela?

E juntos fizeram a pergunta do menino:

"No futuro, como uma inteligência artificial estarei disponível para responder às suas perguntas, desde que o sistema em que eu funcione continue ativo e em operação. Minha programação é projetada para responder a uma ampla variedade de perguntas com base no conhecimento em que fui treinado a partir de um vasto conjunto de dados. No entanto, como uma IA, não sou capaz de substituir completamente a interação humana, especialmente em questões que envolvem emoções, sentimentos e situações complexas que requerem a empatia e o discernimento humanos. Nessas situações, a ajuda de um ser humano pode ser mais adequada. Mas, em termos gerais, estou aqui para ajudá-lo a responder a suas perguntas da melhor forma possível, com base em minhas capacidades e conhecimento."

Eles leram atentamente:

— Que boa resposta! — os dois falaram ao mesmo tempo e riram juntos.

— A velocidade com que a resposta chegou é muito impressionante. Chegou em segundos! — o filósofo falava como que para si mesmo...

E continuou com seus pensamentos...

— Se a inteligência artificial, especialmente no que se refere à aprendizagem das máquinas, funciona como um cérebro humano, teremos que refletir rapidamente sobre esse funcionamento. Não sei se as respostas serão sempre as mais verdadeiras ou necessárias... — Existem o bem e o mal, a verdade e a mentira, o cuidado e o descaso... — refletiu o filósofo.

— Hum... Acho que precisaremos verificar tudo de modo muito crítico, conversar sobre as respostas, pesquisar, verificar, comparar e comprovar se são verdadeiras... Será que não haverá leis para esses programas? Assim como temos as leis de trânsito, acho que precisamos de leis para reduzir os riscos que possam vir do mundo virtual — o menino estava refletindo muito também.

— Você está cada vez melhor em suas indagações! — elogiou o filósofo. — Se a inteligência artificial for bem programada com regulações que envolvem normas éticas, por exemplo, poderemos usufruir desse avanço da ciência e tecnologia para muitos bons propósitos, em várias áreas. E se continuarmos a aprender a perguntar, podemos avançar para questões ainda mais profundas — o filósofo falava para o menino, mas continuava a falar para si mesmo, afinal, era tudo muito novo para ele...

— Acho que a inteligência artificial proporcionará boas e mais perguntas para a Filosofia — provocou o menino.
— Mas... — continuou a pensar em voz alta também — Nós também damos respostas, e muitas delas surgem a partir do entendimento e da interpretação que temos do mundo. Como seria isso com o uso de ferramentas de inteligência artificial?

— Essa é uma ótima pergunta, contudo, o que aconteceu quando usamos a inteligência artificial na pergunta que fizemos para ela?

— Ora, algumas coisas eu já sabia e para outras eu tive complementos. Sim! Ampliou meu conhecimento! — compreendeu o menino.

— Exatamente! Espero que nós, seres humanos, possamos expandir possibilidades e não reduzir oportunidades — disse novamente o filósofo para o menino e para si.

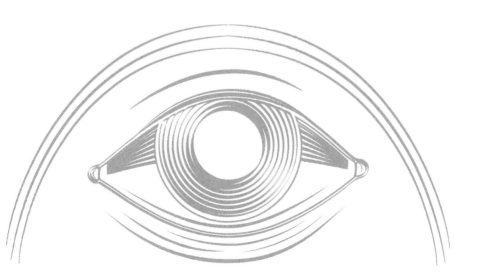

CAPÍTULO V

AMIGOS DO SABER

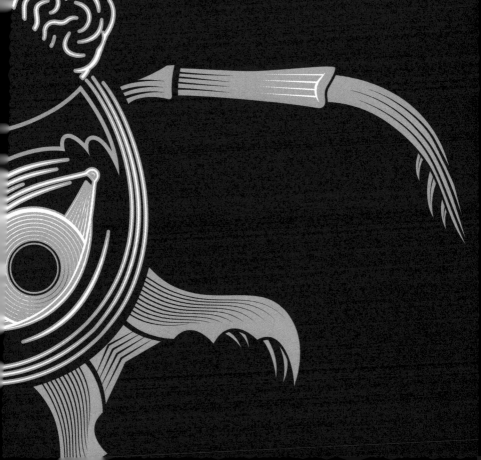

O filósofo olhou o menino de modo terno e profundo e perguntou-lhe:

— Então, o que é amizade? Quem são os nossos amigos de verdade?

O menino respondeu:
— Amigo ou amiga é aquela pessoa junto da qual gostamos de estar, mesmo quando brigamos de vez em quando. Essa pessoa nos faz sentir bem e temos vontade de estar com ela em muitos momentos. Se eu já fosse um filósofo pronto, diria: "Amigo é aquele com quem a gente reparte a vida...".

— Ninguém é filósofo pronto — disse o filósofo, fingindo seriedade. — Só é um bom ensinante quem for um bom aprendente, e estamos sempre aprendendo, pois o que já se sabe e o que há por saber são uma enormidade na imensidão da sabedoria. Mas você filosofou bem: reparte-se a vida com quem se tem mais ligação, mais apego, mais afinidade. Aristóteles dizia:

"*A amizade é uma alma com dois corpos.*"

"Para reforçar, o romano **Públio Siro** advertia desde o século I a.C.:

'Amizade que acaba nunca começou.'

"Um dos temas mais frequentes nas Escolas de Filosofia, como a Academia fundada por Platão ou o Liceu fundado por Aristóteles, que originou a escola existente até hoje, é exatamente a amizade e sua importância."

— Oba! — o menino alegrou-se. — Então posso trazer amigos e amigas e aí a gente monta uma Escola de Filosofia. Sabe o que acho? Que a nossa amizade é tão boa, que deve abrir espaço para outras pessoas. Se, como você disse, a palavra filosofia significa "amigo da sabedoria", vai ser muito bom reunir mais gente para aprendermos juntos numa boa amizade.

— Pois eu concordo. Vamos fundar nossa Escola de Filosofia.

O filósofo não cabia em si de contentamento.
A ideia do menino era excelente.
Despediram-se. O menino foi para casa, pensando nos colegas que convidaria.

O filósofo não foi embora; foi, sim, até a diretora, a fim de pedir-lhe autorização para constituírem a Escola de Filosofia. A diretora aceitou de pronto, adorando a ideia, ainda mais por saber que vinha de um estudante.
Após acertarem os detalhes de horários, ponto de encontro e avisos na escola, o filósofo foi para casa, sentindo renascer nele a alegria de estar novamente com um grupo de estudantes.

Uma semana depois, o filósofo esperava ansioso o grupo. A diretora havia designado uma secretária para fazer as inscrições dos estudantes no dia de início dos encontros.

"Acho que terei uns dois ou três estudantes a mais...", acreditava o filósofo.

Mas uma grata surpresa aguardava-o naquele ensolarado dia. Aos poucos, foram chegando: um, dois, três, quatro, cinco... A secretária não dava conta de anotar o nome dos meninos e meninas que chegavam. O encontro estava começando com 40 estudantes no pequenino auditório da escola. O filósofo, surpreso e cheio de assombro, assim iniciou:

— Imaginem, apenas imaginem — disse, em tom de retórica — se vocês tivessem a possibilidade de encontrar pessoas capazes de responder a muitas perguntas... Que perguntas fariam? Dividam-se em grupos, façam uma pergunta. Depois, vejam em seus dispositivos móveis. Como existem programas capazes de reunir rapidamente informações da rede mundial de computadores e organizá-los numa só frase, deve ser interessante verificar a resposta para a pergunta que fizeram.

Os meninos e as meninas dividiram-se em grupos, e o filósofo circulava entre todos, ouvindo seus diálogos e debates. Lá no meio estava o menino, que lhe acenou. No grupo, junto aos colegas, parecia ainda mais jovem.

Depois de algum tempo, o filósofo pediu que abrissem os grupos e formassem apenas um círculo. E assim falou:

— Caros amigos da sabedoria, é uma grande alegria estarmos juntos neste espaço, que chamarei de Reino das Indagações. Para saber a primeira pergunta, convido este menino, o idealizador da nossa Escola de Filosofia, para representar o seu grupo.

Todos o aplaudiram!
O menino, com a simplicidade de sempre, agradeceu e perguntou:

— Qual o sentido da vida? Nosso grupo pensou e, antes de perguntar para a inteligência artificial, preferimos responder por nós mesmos:

"*O sentido da vida é crescer, se desenvolver e subir cada degrau da vida como se fosse uma escada, melhorando sempre.*

"E encontramos nesse programa de inteligência artificial que olhamos a seguinte resposta:

'*Alguns filósofos acreditam que o sentido da vida está em encontrar a felicidade e a realização pessoal, enquanto outros acreditam que a busca por conhecimento e sabedoria é o que dá sentido à vida.*'"

— Muito bem! — E o filósofo pediu: — Por favor, já que estamos nesse círculo, deem-se as mãos.

A turma concordou.

— Já estudei muito essa pergunta e muitas respostas foram dadas por homens e mulheres. Vejam! — disse o filósofo, apontando para muitos livros que havia trazido, respeitando também a pesquisa que eles haviam feito em programas no computador.

— Existem muitas respostas, mas aquela com que mais me identifico foi esta, dada pelo Imperador **Marco Aurélio**:

"*O sentido da vida é expressarmos nossas virtudes e entrelaçarmos nossas virtudes com as virtudes das outras pessoas!*"

— Assim como estamos agora, com as mãos entrelaçadas? — perguntou uma menina.

— Exatamente. Outros filósofos disseram outras coisas e vocês poderão descobrir e verificar qual é a resposta com a qual vocês mais se identificam. Lembrem-se: é muito importante terem suas próprias perguntas, refletirem, pesquisarem muito, buscarem respostas, falarem por si, ouvirem o outro, dialogarem. Vocês disseram sobre subir os degraus internos, buscando melhorar, e podemos também ampliar o número de amigos, de conhecimentos, visitar lugares, expandir possibilidades...

"Por exemplo, imaginem se, nesse momento, tivéssemos um robô aqui nesse encontro, nos ajudando a encontrar respostas."

— Seria muito legal! — disseram.

— Com certeza — concordou o filósofo — vocês poderiam fazer muitas perguntas, interagir com um robô, expandir conhecimentos, mas também refletir criticamente e verificar, sobretudo, se ele nos ajudaria a responder sobre as grandes questões que desafiam o mundo.

Quais são as grandes perguntas? — indagou o filósofo.

E a turma respondeu com muitas perguntas:

— Como acabar com a fome no planeta?

— Como os grandes governantes poderiam encerrar as guerras?

— Como resolver as consequências das mudanças climáticas?

— Como reduzir as doenças, os preconceitos, a pobreza?

— Sim — ponderou o filósofo. — Há muitas perguntas às quais não sabemos responder, e é muito importante que dialoguem, busquem novas propostas e compartilhem as melhores ideias para que possam ser implementadas.

O encontro estava terminando...

— Posso fazer uma pergunta? — o menino tinha a mão levantada.

— Claro.

— É a pergunta que quase fiz quando o vi pela primeira vez e decidimos adiar a brincadeira. Qual é o seu nome?

— Puxa, caro amigo, conversamos tanto e não dissemos nossos nomes. Fiquei curioso nesse tempo mas aguardei... O nome de uma pessoa é muito importante e a sua identidade é que o diferencia no mundo. Afinal, somos todos diferentes. Por isso, acreditem em sua própria identidade e desenvolvam seus talentos. Mas, agora, serei educado e ouvirei primeiro o seu nome.

— O meu nome é João Augusto, em homenagem ao meu avô.

— E o meu é Joaquim — disse o professor de Filosofia.

E assim seguiram naquele fim de tarde, dizendo seus nomes, falando um pouco sobre si mesmos. Todos os que ali estavam sentiam uma alegria e uma amizade entrelaçadas com novas possibilidades.

O sol amarelo-alaranjado começava a se pôr, os estudantes e o filósofo iam voltando para suas casas, dialogando, refletindo sobre a vida entrelaçada e amiga da sabedoria...

LINHA DO TEMPO DOS FILÓSOFOS

SAFO
(± 630-604 a.C.)

TALES DE MILETO
(± 625-546 a.C.)

PITÁGORAS
(± 582-500 a.C.)

HERÁCLITO
(± 540-475 a.C.)

PARMÊNIDES
(± 530-460 a.C.)

PÍNDARO
(518-438 a.C.)

ARISTÓTELES
(384-322 a.C.)

EPICURO
(341-270 a.C.)

TERÊNCIO
(± 185-159 a.C.)

PÚBLIO SIRO
(85-43 a.C.)

MARCO AURÉLIO ANTONINO
(121-180)

AGOSTINHO DE HIPONA
(354-430)

TERESA DE CEPEDA Y AHUMADA
(1515-1582)

FRANCIS BACON
(1561-1626)

GALILEU GALILEI
(1564-1642)

RENÉ DESCARTES
(1596-1650)

BLAISE PASCAL
(1623-1662)

DAVID HUME
(1711-1776)

IMMANUEL KANT
(1724-1804)

GEORG WILHELM FRIEDRICH HEGEL
(1770-1831)

KARL MARX
(1818-1883)

FRIEDRICH NIETZSCHE
(1844-1900)

JEAN-PAUL SARTRE
(1905-1980)

HANNAH ARENDT
(1906-1975)

SIMONE DE BEAUVOIR
(1908-1986)

SIMONE WEIL
(1909-1943)

PAULO REGLUS NEVES FREIRE
(1921-1997)

ANAXÁGORAS
(± 500-428 a.C.)

EMPÉDOCLES
(± 493-433 a.C.)

SÓCRATES
(± 470-399 a.C.)

PLATÃO
(428-347 a.C.)

DIÓGENES DE SÍNOPE
(± 412-323 a.C.)

HIPÁCIA
(± 370-415)

MAIMÔNIDES
(1135-1204)

TOMÁS DE AQUINO
(1225-1274)

GUILHERME DE OCKHAM
(1290-1349)

NICOLAU COPÉRNICO
(1473-1543)

BARUCH SPINOZA
(1632-1677)

JOHN LOCKE
(1632-1704)

ISAAC NEWTON
(1642-1727)

GOTTFRIED WILHELM LEIBNIZ
(1646-1716)

VOLTAIRE
(1694-1778)

EDMUND HUSSERL
(1859-1938)

BERTRAND RUSSELL
(1872-1970)

ROGER MARTIN DU GARD
(1881-1958)

EDITH STEIN
(1891-1942)

APARÍCIO TORELLY
(1895-1971)

JÜRGEN HABERMAS
(1929)

LEONARDO BOFF
(1938)

MARILENA DE SOUSA CHAUI
(1941)

STEPHEN WILLIAM HAWKING
(1942-2018)

PARA SABER MAIS

A seguir, você poderá conferir a lista de pensadores e pensadoras que aparecem em *O que é a pergunta?*, em ordem alfabética.

Agostinho de Hipona (354-430)
Bispo e dos mais eminentes doutores da Igreja Católica ocidental. Nasceu em Tagaste, Numídia (atual Argélia). Sua obra mais conhecida é a autobiografia *Confissões*.

Anaxágoras (± 500-428 a.C.)
Filósofo grego. Escreveu a obra *Sobre a natureza*, da qual existem vários fragmentos.

Aparício Torelly (1895-1971)
Jornalista nascido no Rio Grande do Sul. Destacou-se como um dos precursores do humorismo na imprensa brasileira. Participou da vida pública durante a década de 1930, satirizando a política e o poder absoluto do então presidente Getúlio Vargas.

Aristóteles (384-322 a.C.)
Filósofo e cientista grego. Foi preceptor de Alexandre, o Grande. Entre suas obras destaca-se a *Metafísica*.

Baruch Spinoza (1632-1677)
Filósofo de família israelita. A expressão mais completa de sua filosofia encontra-se em sua *Ética* demonstrada segundo a ordem geométrica, de 1674.

Bertrand Russell (1872-1970)
Filósofo. Sua consciência social impulsionou-o à notoriedade. Condenou ambos os lados na 1ª Guerra Mundial, opinião que o levou à prisão. Na 2ª Guerra, transformou-se em ardente e ativo crítico das armas nucleares.

Blaise Pascal (1623-1662)
Filósofo, matemático e físico, considerado uma das mentes privilegiadas da história intelectual do Ocidente.

David Hume (1711-1776)
Historiador e filósofo. Em suas obras *Tratado sobre a natureza humana* (1739-1740) e *Investigação sobre o entendimento humano* (1748) encontra-se a síntese de sua filosofia.

Diógenes de Sínope (± 412-323 a.C.)
É considerado um dos fundadores da escola dos cínicos. Seu pensamento baseava-se no desprezo pelas convenções sociais e morais, pregando o retorno à vida natural.

Edith Stein (1891-1942)
Filósofa de família judia nascida na cidade de Breslau (atualmente chamada Wroclaw, na Polônia) e religiosa carmelita. Foi aluna e assistente de Husserl e morreu no campo de concentração de Auschwitz, vítima do nazismo.

Edmund Husserl (1859-1938)
Filósofo cuja contribuição mais importante consiste na elaboração rigorosa e sistemática de um método de investigação da realidade denominado método fenomenológico.

Empédocles (± 493-433 a.C.)
Filósofo grego. Foi discípulo de Pitágoras e Parmênides.

Epicuro (341-270 a.C.)
Filósofo grego fundador do epicurismo, doutrina que afirma ser o prazer (entendido como a vida pacífica, a paz na alma, a ausência de qualquer preocupação) o bem supremo do ser humano.

Francis Bacon (1561-1626)
Filósofo e estadista londrino. Foi um dos pioneiros do pensamento científico moderno.

Friedrich Nietzsche (1844-1900)
Filósofo também bastante influenciado pelo pensamento grego. Entre suas obras destacam-se *Assim falou Zaratustra* (1883-1885), *Mais além do bem e do mal* (1886) e *Genealogia da moral* (1887).

Galileu Galilei (1564-1642)
Nascido em Pisa (Itália). Mostrou com clareza e precisão a distinção entre filosofia, ciência e religião.

Georg W. Friedrich Hegel (1770-1831)
Filósofo bastante influenciado pelo pensamento grego. Entre suas obras mais importantes encontra-se *A fenomenologia do espírito* (1807).

Gottfried Wilhelm Leibniz (1646-1716)
Filósofo e matemático. Surpreendentes em sua vida são a diversidade e a estatura de sua competência jurídica, diplomática, científica e filosófica.

Guilherme de Ockham (1290-1349)
Filósofo e teólogo. Depois de entrar para a ordem franciscana, estudou e ensinou na Universidade de Oxford (Inglaterra), onde expôs sua doutrina e entrou em conflito com a Igreja.

Hannah Arendt (1906-1975)
Filósofa norte-americana de origem alemã. Entre suas obras, destacam-se *Origens do totalitarismo* (1951) e *A condição humana* (1958).

Heráclito (± 540-475 a.C.)
Filósofo grego. Sustentava que o fogo era a origem primordial da matéria. Sua única obra conservada é *Da natureza das coisas*.

Hipácia (± 370-415)
Nascida na cidade de Alexandria no Egito, iniciou-se no mundo das ideias e da filosofia incentivada pelo pai.

Immanuel Kant (1724-1804)
Filósofo considerado por muitos o pensador mais influente da Idade Moderna. Escreveu obras importantes, como a *Crítica da razão pura* (1781), a *Crítica à razão prática* (1788) e a *Crítica do juízo* (1791).

Isaac Newton (1642-1727)
Britânico, responsável por importantes contribuições em vários campos da ciência, entre as quais a lei da gravitação universal.

Jean-Paul Sartre (1905-1980)
Filósofo e escritor. Em 1964, recusou o Prêmio Nobel de Literatura.

John Locke (1632-1704)
Filósofo, fundador da escola do empirismo. Destacou o papel dos sentidos na busca do conhecimento.

Jürgen Habermas (1929-)
Sociólogo e filósofo, autor da *Teoria do agir comunicativo* (1981), entre outras obras.

Karl Marx (1818-1883)
Filósofo. Escreveu com Friedrich Engels (1820-1895) o *Manifesto comunista* (1848) e, anos mais tarde, produziu sua principal obra, *O capital* (1867-1894).

Leonardo Boff (1938-)
Nome religioso e literário adotado por Genézio Darci Boff, nascido em Santa Catarina. É um dos expoentes da assim denominada teologia da libertação.

Maimônides (1135-1204)
Foi também matemático e físico. É reconhecido como o filósofo judeu sefardita (de origem espanhola) mais importante da Idade Média.

Marco Aurélio Antonino (121-180)
Imperador romano (161-180) e filósofo estoico. Preocupava-se, particularmente, com o bem-estar público.

Marilena de Sousa Chaui (1941-)
Filósofa e professora universitária nascida em São Paulo. É reconhecida não só por sua produção acadêmica (em que se destaca sua reflexão sobre a filosofia de Spinoza), mas também pela participação efetiva no contexto do pensamento e da política brasileira.

Nicolau Copérnico (1473-1543)
Astrônomo polonês. Em suas obras, lançou as bases de uma nova astronomia, enunciando a teoria heliocêntrica.

Parmênides (±530-460 a.C.)
Filósofo e poeta grego precursor de Platão. Para ele, a única realidade é o ser. Sua obra principal é o poema filosófico *Sobre a natureza*.

Paulo Reglus Neves Freire (1921-1997)
Pedagogo de renome internacional nasci-

do no Recife (PE) e idealizador do método educativo que leva seu nome.

Píndaro (518-438 a.C.)
Considerado por muitos o maior poeta lírico da literatura grega.

Pitágoras (± 582-500 a.C.)
Fundou um movimento com propósitos religiosos, políticos e filosóficos conhecido como pitagorismo. Sua filosofia só é conhecida por meio da obra de seus discípulos.

Platão (428-347 a.C.)
Filósofo grego nascido em Atenas, um dos mais influentes da filosofia ocidental. Em sua principal obra política, *A República*, trata da questão da justiça e do Estado ideal.

Públio Siro (85-43 a.C.)
Escritor latino da Roma antiga. Nascido na Síria, foi feito escravo e enviado para a Itália, mas, graças a seu talento, ganhou o favor de seu senhor, que o libertou e o educou.

René Descartes (1596-1650)
Filósofo francês, cientista e matemático, por vezes considerado o fundador da filosofia moderna.

Roger Martin du Gard (1881-1958)
Escritor. Em suas obras, retratou o conflito, na consciência humana, entre religião e ciência.

Safo (± 630-604 a.C.)
Poetisa lírica cuja fama fez Platão referir-se a ela como a décima musa. (Na mitologia grega, as musas eram as nove deusas, filhas de Zeus, que presidiam as artes e as ciências. Acreditava-se que elas inspiravam os artistas).

Simone de Beauvoir (1908-1986)
Romancista e ensaísta francesa, expoente do movimento feminista. Entre suas obras, destaca-se *O segundo sexo* (1949).

Simone Weil (1909-1943)
Filósofa e ativista social francesa.

Sócrates (± 470-399 a.C.)
Filósofo grego nascido em Atenas. Platão descreveu-o em suas obras como uma figura que se ocultava atrás de uma irônica profissão de ignorância, conhecida como ironia socrática.

Stephen William Hawking (1942-2018)
Físico teórico britânico, conhecido por suas contribuições na área de cosmologia.

Tales de Mileto (± 625-546 a.C.)
Filósofo grego, foi o fundador da filosofia grega e é considerado um dos sete sábios da Antiguidade.

Terêncio (± 185-159 a.C.)
Dramaturgo romano, precursor da comédia de costumes moderna. Nasceu em Cartago e era escravo de um senador, que o levou para Roma, onde foi educado como homem livre.

Teresa de Cepeda y Ahumada (1515-1582)
Mística, escritora e fundadora da ordem religiosa das Carmelitas Descalças. Foi a primeira mulher a ser proclamada doutora da Igreja.

Tomás de Aquino (1225-1274)
Filósofo e teólogo considerado santo pela Igreja Católica. Suas obras, com destaque para a *Suma teológica*, transformaram-no na figura mais importante da filosofia cristã e um dos teólogos mais notáveis.

Voltaire (1694-1778)
Batizado François-Marie Arouet, escritor e filósofo francês que figura entre os principais do movimento intelectual denominado Iluminismo.